Anja Bockstette

Aaron's Abenteuer

Paramon Kinder

Anja Bockstette

Aaron‘s Abenteuer

Natürlich Aaron

Sommer, Sonne, Sonnenschein,
der Aaron trifft sein Blümelein.

Und weil's sich im Winde so schön wiegt,
hat er sein Blümlein zum knuddeln lieb.

Müde gingen sie zur Ruh
und machen ihre Äuglein zu.

Die Dürre schickte Aaron auf lange Reise,
doch Blümlein ging von uns,
ganz still und leise.

Auch der letzte Tropfen Glück
brachte sie uns nicht zurück.

Traurig war der Aaron nun,
konnte nichts mehr für sie tun.

Als Aaron auf die Kälte traf,
ging er in den Winterschlaf.

Fit und voller Energie,
streckte Aaron Arm und Knie.

Was sehen meine Augen da,
ist sie nicht einfach wunderbar?!

Neue Liebe, neues Glück,
bringt ihm seinen Schatz zurück.

Die Deutsche Nationalbibliothek verzeichnet diese Publikation in der Deutschen Nationalbibliografie; detaillierte bibliografische Daten sind im Internet über http://dnb.d-nb.de abrufbar.

Anja Bockstette
Aaron's Abenteuer – Natürlich Aaron
ISBN 978-3-03830-079-3

Paramon® ist ein Imprint der
Europäische Verlagsgesellschaften GmbH.

Sie finden uns im Internet unter: www.paramon.de